EDITIONS CARABAS

GG STUDIO

ROUTE DES MAISONS ROUGES

VOL.2

ROUTE DES MAISONS ROUGES

Amour, sexe et intrigues
dans l'atmosphère étouffante
du quartier des plaisirs.

« En amour comme à la guerre tout est permis, et à Route Des Maisons Rouges les deux y sont monnaie courante ! »

SECOND VOLUME

Un remerciement spécial à notre scénariste fou MARIO DONISI sans qui cette bande dessinée aurait probablement eu plus de sens.

IDÉES ET SCÉNARIO
Giuliano Monni

DESSIN
Vincenzo Cucca

COULEURS
Barbara Ciardo

ASSISTANTE COLORISTE
Alessia Nocera

LETTRAGE
Studio Blue

C.E.O.
Giuliano Monni aka Giano

Route Des Maisons Rouges volume 2

First published in Italia in 2007 by GG Studio
Traduit de l'italien par Patrick Manoukian

1ère édition française : avril 2009
Dépot légal : avril 2009 | ISBN : 978-2-35100-307-7
Achevé d'imprimer en avril 2009 sur les presses de l'imprimerie L.E.G.O.

WWW.GGSTUDIODESIGN.COM
WWW.EDITIONS-CARABAS.COM

TRÈS BIEN, MONSIEUR LE GOUVERNEUR... NOUS SOMMES DONC D'ACCORD... JE VOUS PRIE D'ACCEPTER MES PLUS RESPECTUEUSES SALUTATIONS...
ET LAISSEZ-MOI VOUS DIRE ENCORE COMBIEN...
ALLO ? ALLO ?
CE N'EST PAS POSSIBLE, ÇA A COUPÉ !
OUTCH !
Demain soir trois heures au Bar de L'Envers.

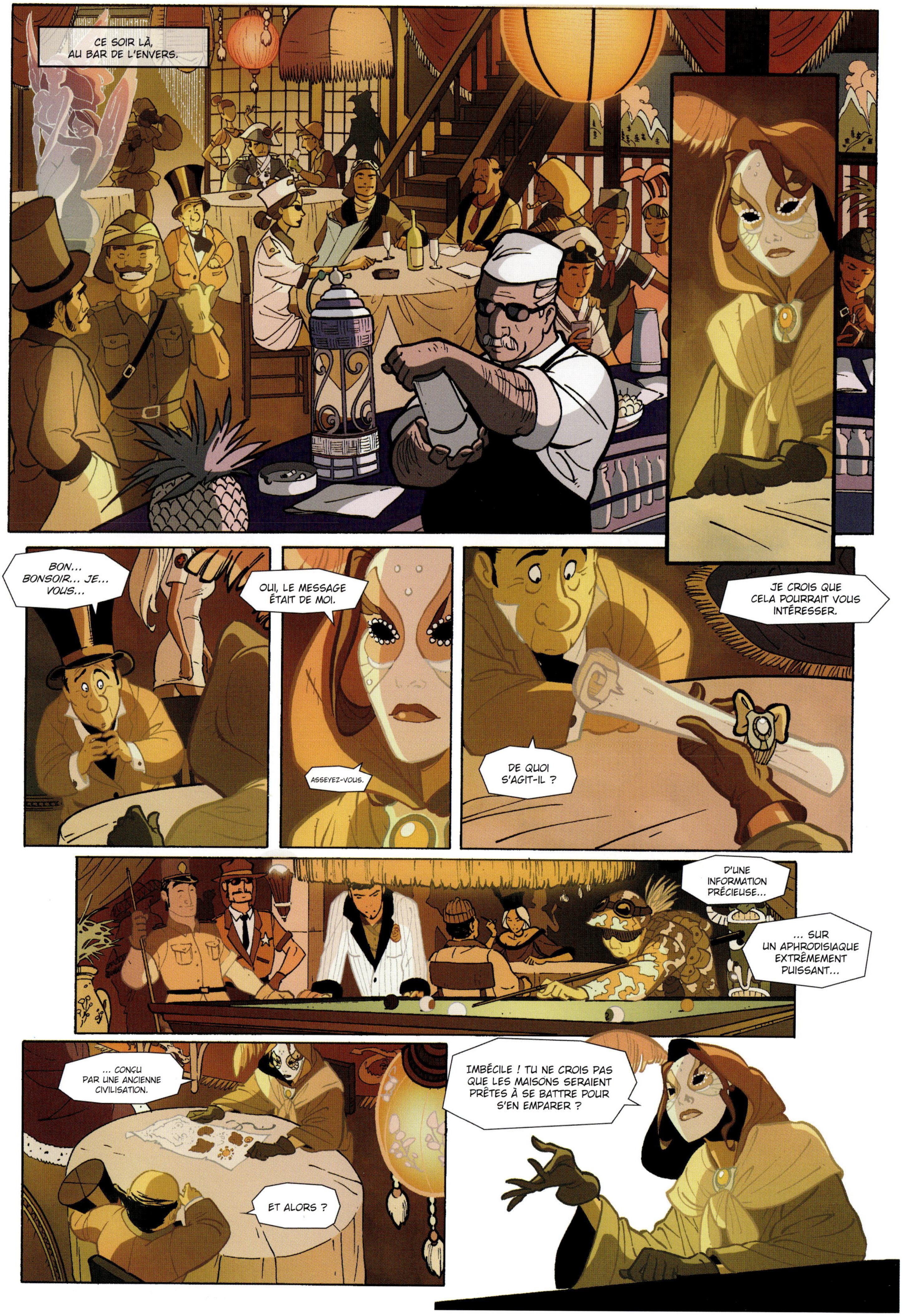
CE SOIR LÀ, AU BAR DE L'ENVERS.
BON... BONSOIR... JE... VOUS...
OUI, LE MESSAGE ÉTAIT DE MOI.
ASSEYEZ-VOUS.
JE CROIS QUE CELA POURRAIT VOUS INTÉRESSER.
DE QUOI S'AGIT-IL ?
D'UNE INFORMATION PRÉCIEUSE...
... SUR UN APHRODISIAQUE EXTRÊMEMENT PUISSANT...
... CONÇU PAR UNE ANCIENNE CIVILISATION.
ET ALORS ?
IMBÉCILE ! TU NE CROIS PAS QUE LES MAISONS SERAIENT PRÊTES À SE BATTRE POUR S'EN EMPARER ?

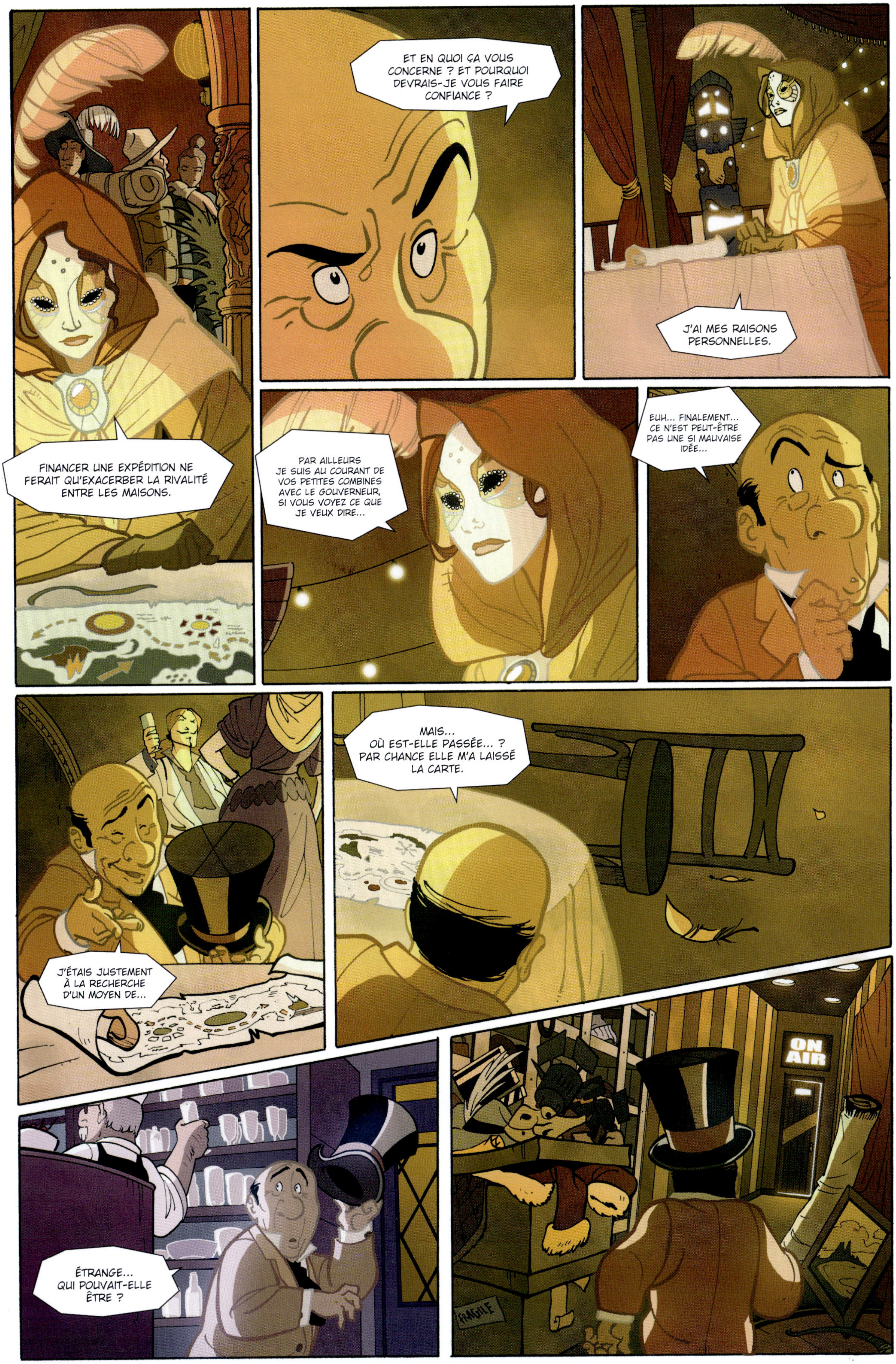
FINANCER UNE EXPÉDITION NE FERAIT QU'EXACERBER LA RIVALITÉ ENTRE LES MAISONS.
ET EN QUOI ÇA VOUS CONCERNE ? ET POURQUOI DEVRAIS-JE VOUS FAIRE CONFIANCE ?
J'AI MES RAISONS PERSONNELLES.
PAR AILLEURS JE SUIS AU COURANT DE VOS PETITES COMBINES AVEC LE GOUVERNEUR, SI VOUS VOYEZ CE QUE JE VEUX DIRE...
EUH... FINALEMENT... CE N'EST PEUT-ÊTRE PAS UNE SI MAUVAISE IDÉE...
J'ÉTAIS JUSTEMENT À LA RECHERCHE D'UN MOYEN DE...
MAIS... OÙ EST-ELLE PASSÉE... ? PAR CHANCE ELLE M'A LAISSÉ LA CARTE.
ÉTRANGE... QUI POUVAIT-ELLE ÊTRE ?
ON AIR
FRAGILE

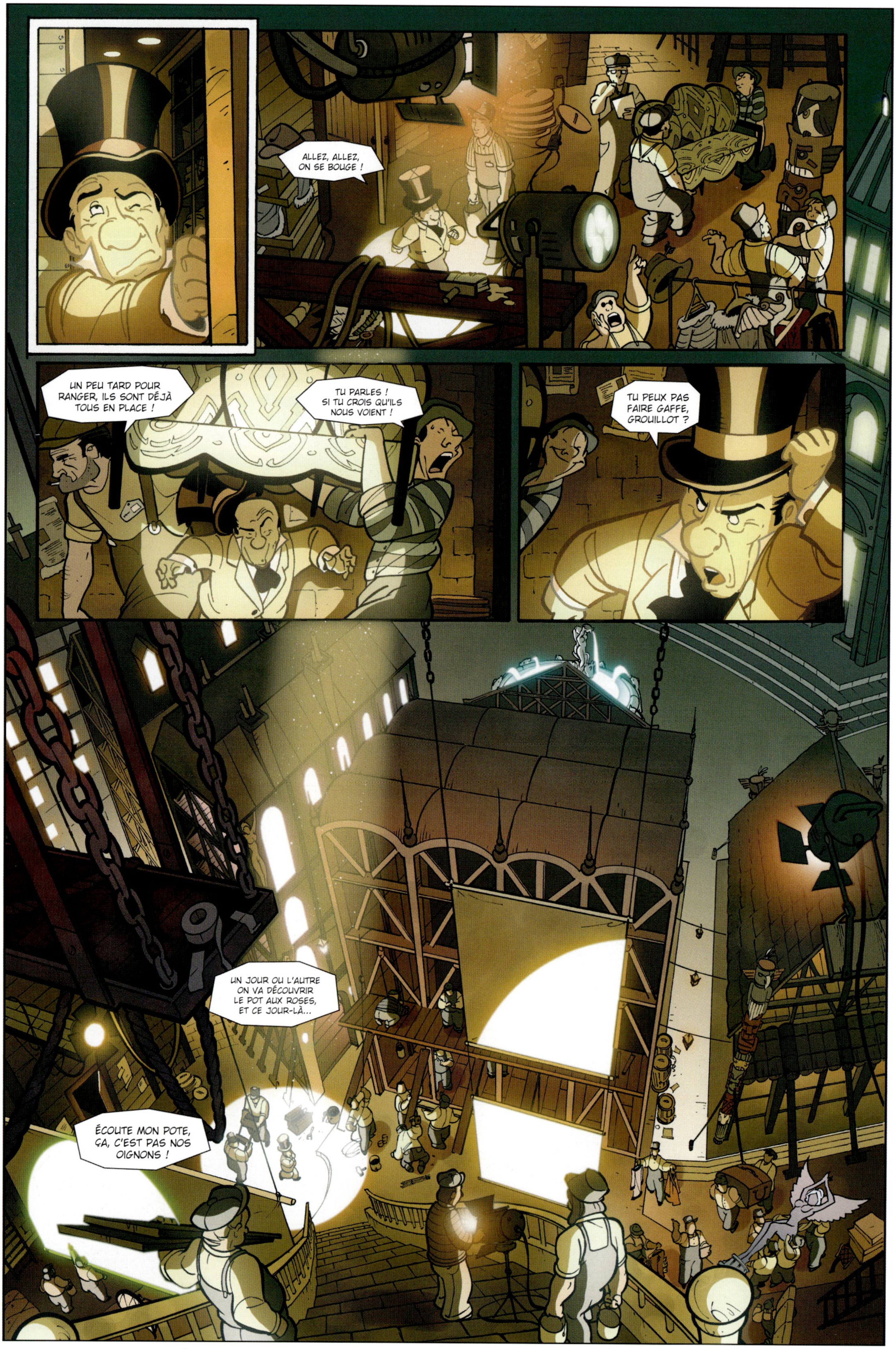
ALLEZ, ALLEZ, ON SE BOUGE !
UN PEU TARD POUR RANGER, ILS SONT DÉJÀ TOUS EN PLACE !
TU PARLES ! SI TU CROIS QU'ILS NOUS VOIENT !
TU PEUX PAS FAIRE GAFFE, GROUILLOT ?
UN JOUR OU L'AUTRE ON VA DÉCOUVRIR LE POT AUX ROSES, ET CE JOUR-LÀ...
ÉCOUTE MON POTE, ÇA, C'EST PAS NOS OIGNONS !

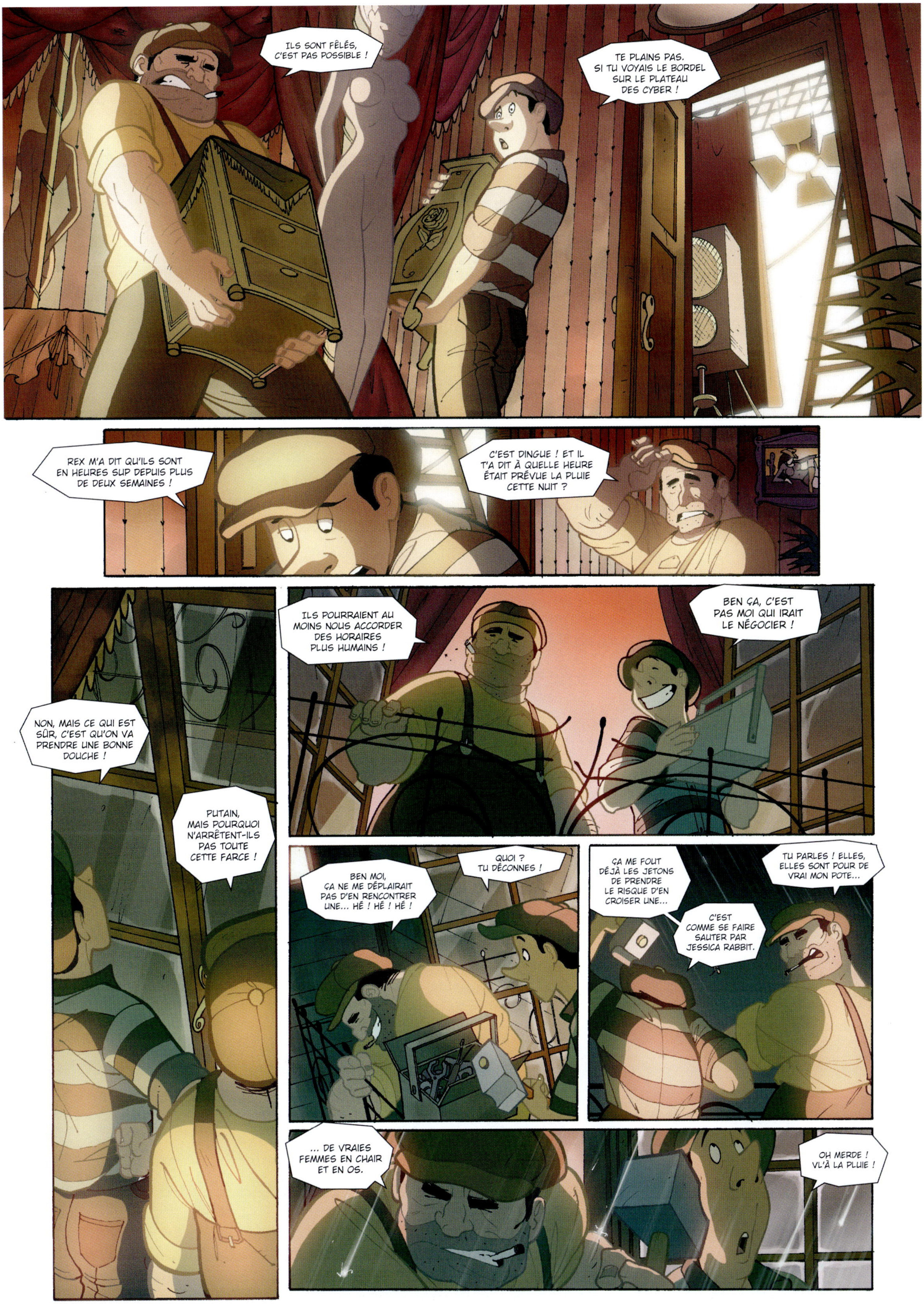
ILS SONT FÊLÉS, C'EST PAS POSSIBLE !
TE PLAINS PAS. SI TU VOYAIS LE BORDEL SUR LE PLATEAU DES CYBER !
REX M'A DIT QU'ILS SONT EN HEURES SUP DEPUIS PLUS DE DEUX SEMAINES !
C'EST DINGUE ! ET IL T'A DIT À QUELLE HEURE ÉTAIT PRÉVUE LA PLUIE CETTE NUIT ?
NON, MAIS CE QUI EST SÛR, C'EST QU'ON VA PRENDRE UNE BONNE DOUCHE !
PUTAIN, MAIS POURQUOI N'ARRÊTENT-ILS PAS TOUTE CETTE FARCE !
ILS POURRAIENT AU MOINS NOUS ACCORDER DES HORAIRES PLUS HUMAINS !
BEN ÇA, C'EST PAS MOI QUI IRAIT LE NÉGOCIER !
BEN MOI, ÇA NE ME DÉPLAIRAIT PAS D'EN RENCONTRER UNE... HÉ ! HÉ ! HÉ !
QUOI ? TU DÉCONNES !
ÇA ME FOUT DÉJÀ LES JETONS DE PRENDRE LE RISQUE D'EN CROISER UNE...
C'EST COMME SE FAIRE SAUTER PAR JESSICA RABBIT.
TU PARLES ! ELLES, ELLES SONT POUR DE VRAI MON POTE...
... DE VRAIES FEMMES EN CHAIR ET EN OS.
OH MERDE ! VL'À LA PLUIE !

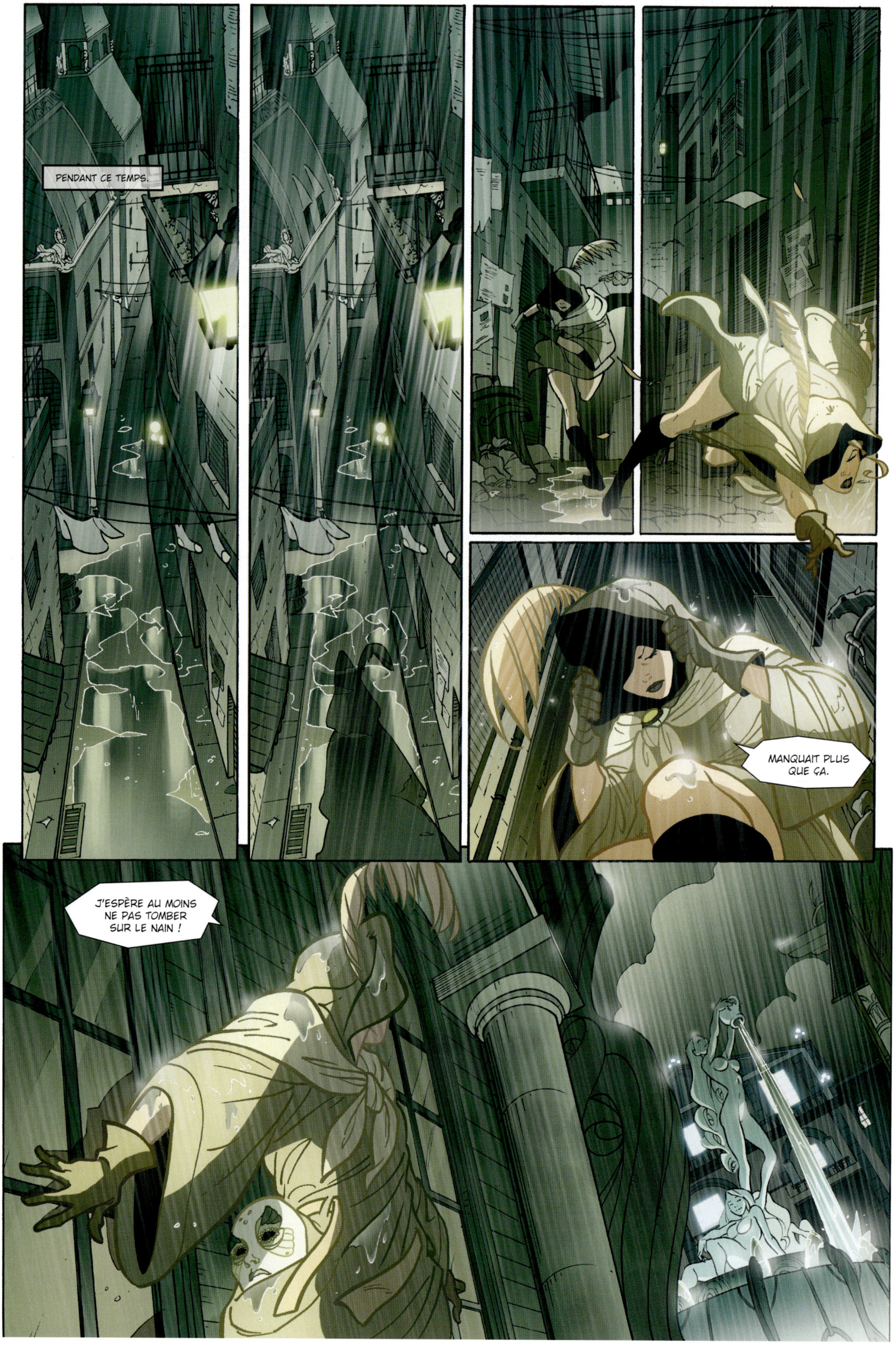
PENDANT CE TEMPS.
MANQUAIT PLUS QUE ÇA.
J'ESPÈRE AU MOINS NE PAS TOMBER SUR LE NAIN !

COMME D'HABITUDE, LA NUIT, LA ROUTE DES MAISONS ROUGES EST TRÈS AGITÉE, MAIS CETTE FOIS PAS À CAUSE DES CLIENTS...
WESTERN PLEASURES
ALORS MA BELLE, TU AS PERDU TON FOUET ?
FERME-LÀ. C'ÉTAIT JUSTE POUR TE REMERCIER POUR L'IMPRESARIO.
ÉPARGNE-MOI ÇA !
SI JE L'AI FAIT, C'ÉTAIT POUR SAUVER LES WESTERN.
TU PARLES ! J'AI PLUTÔT L'IMPRESSION QUE TU N'ARRIVES MÊME PLUS À TENIR TES FILLES !
QU'EST-CE QUE ÇA VEUT DIRE, ÇA ?

ET BIEN QUE GOLDIE ET MOI, PAR EXEMPLE, SOMMES DEVENUES TRÈS PROCHES...
GOLDIE ? JE LA CONNAIS BIEN...
PEUT-ÊTRE MOINS QUE TU NE LE PENSES !
NE T'APPROCHE PAS DE GOLDIE, SINON JE T'ARRACHE LES YEUX !
ESSAYE UN PEU...
VAS-Y ELY !
NE TE MÊLE PAS DES QUERELLES DES MAÎTRESSES, TOI !
ESPÈCE DE LOOSER !
TIENS, ÇA C'EST POUR GOLDIE, ET CELLE-LÀ C'EST POUR MOI !
ET MAINTENANT VIREZ-MOI FISSA CE GROS CUL HORS D'ICI.

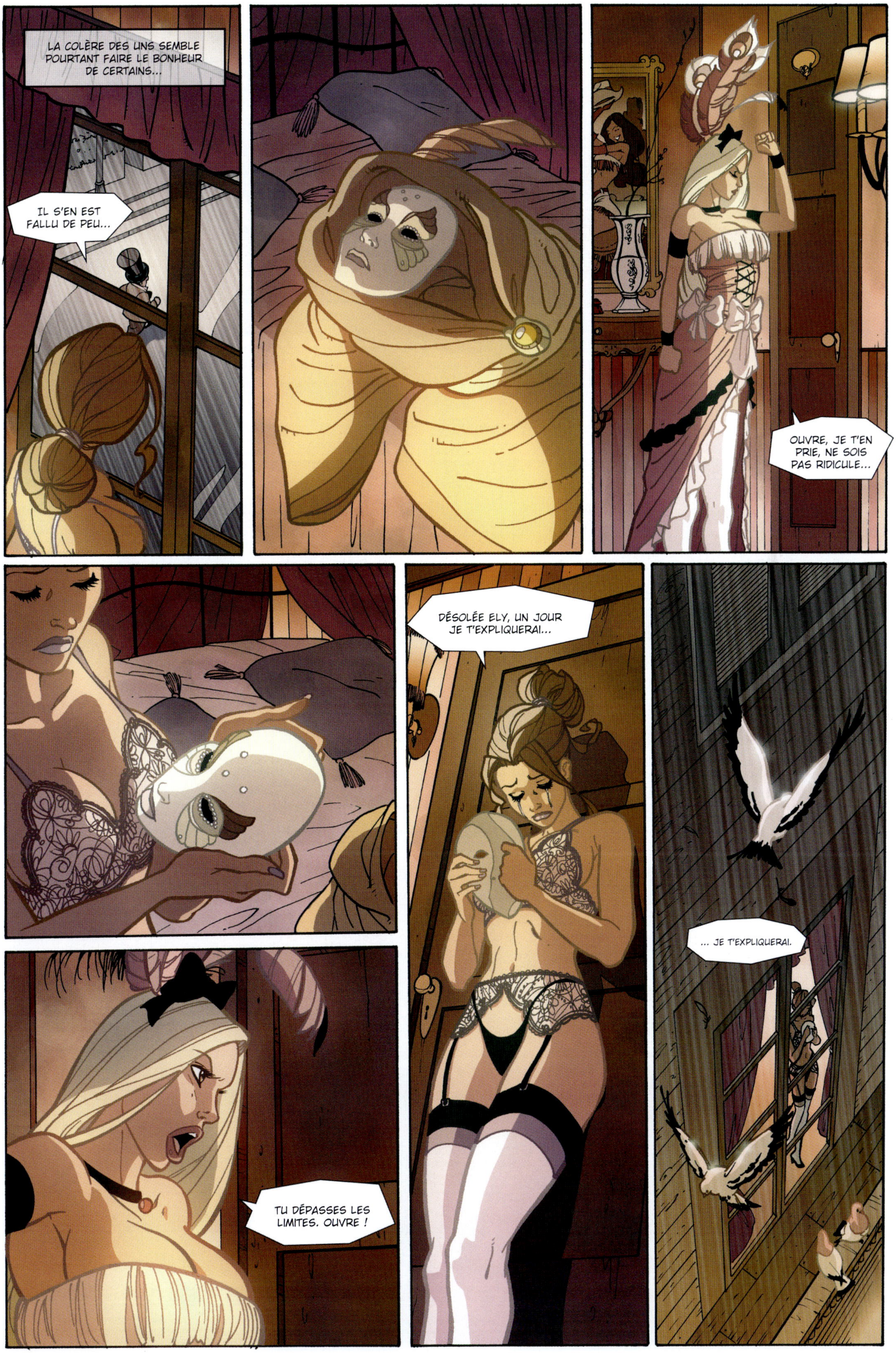
LA COLÈRE DES UNS SEMBLE POURTANT FAIRE LE BONHEUR DE CERTAINS...
IL S'EN EST FALLU DE PEU...
OUVRE, JE T'EN PRIE, NE SOIS PAS RIDICULE...
TU DÉPASSES LES LIMITES. OUVRE !
DÉSOLÉE ELY, UN JOUR JE T'EXPLIQUERAI...
... JE T'EXPLIQUERAI.

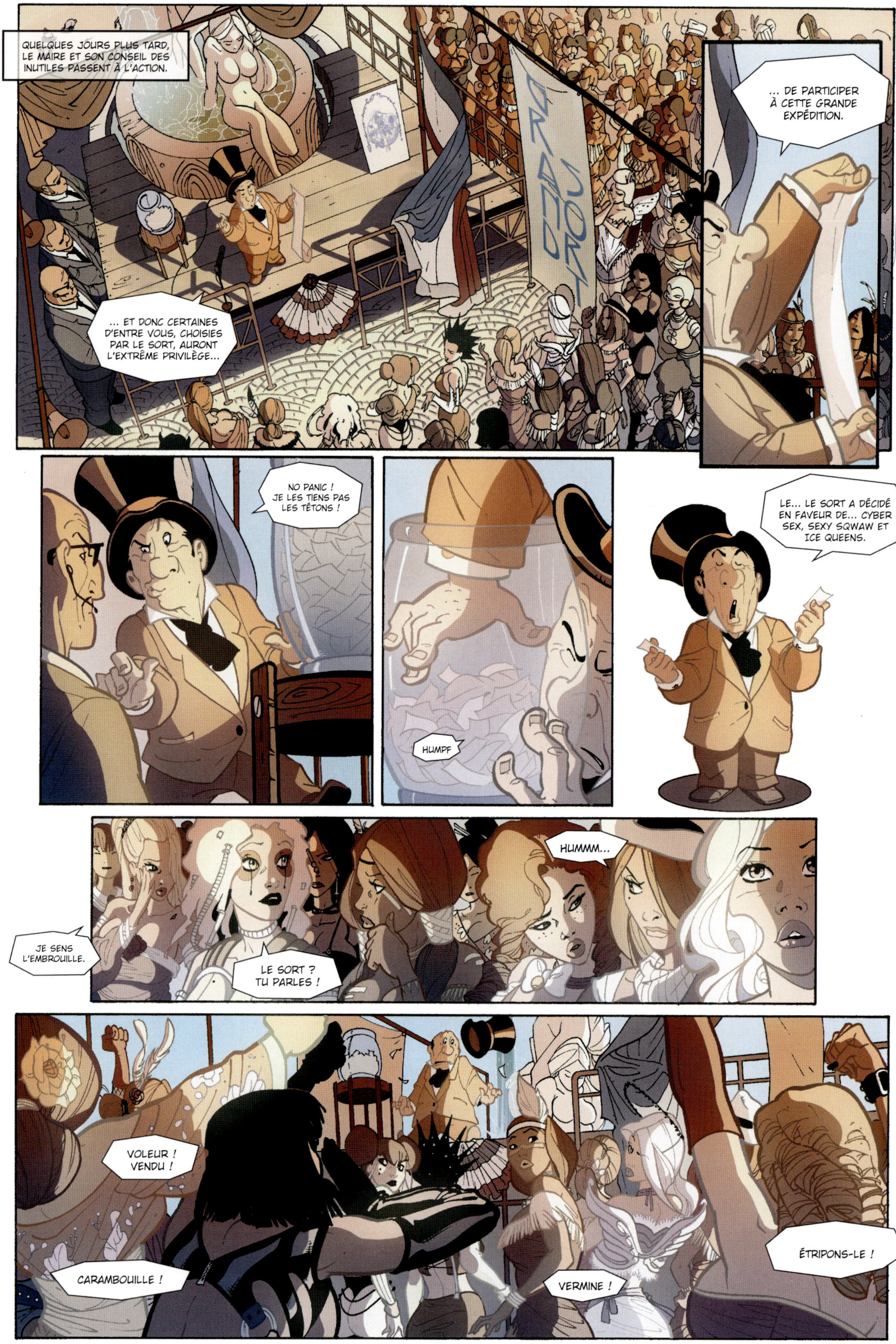
QUELQUES JOURS PLUS TARD, LE MAIRE ET SON CONSEIL DES INUTILES PASSENT À L'ACTION.
GRAND SORT
... ET DONC CERTAINES D'ENTRE VOUS, CHOISIES PAR LE SORT, AURONT L'EXTRÊME PRIVILÈGE...
... DE PARTICIPER À CETTE GRANDE EXPÉDITION.
NO PANIC ! JE LES TIENS PAS LES TÉTONS !
HUMPF
LE... LE SORT A DÉCIDÉ EN FAVEUR DE... CYBER SEX, SEXY SQWAW ET ICE QUEENS.
HUMMM...
JE SENS L'EMBROUILLE.
LE SORT ? TU PARLES !
VOLEUR ! VENDU !
CARAMBOUILLE !
VERMINE !
ÉTRIPONS-LE !

MERDE, ELLES ONT LE TÉTON PLUS REBELLE QUE...
LE TIRAGE A ÉTÉ RÉGULIER ET...
VA TE FAIRE... !
FERME-LÀ !
CASTRONS-LE !
MONSIEUR LE...
OUPS !
JE NE SUIS PAS ASSEZ PAYÉ POUR SUPPORTER CE GENRE D'HUMILIATION.

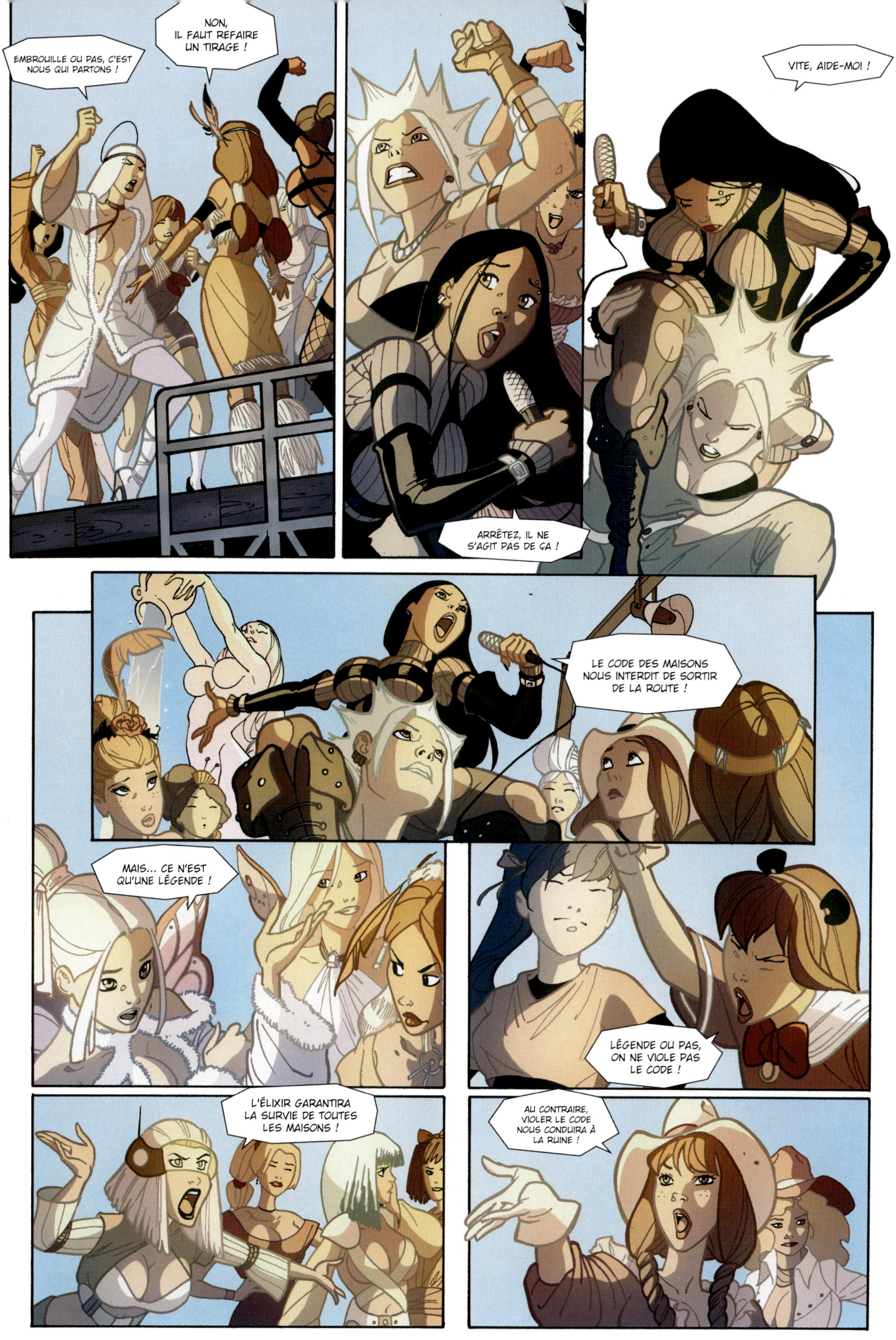
EMBROUILLE OU PAS, C'EST NOUS QUI PARTONS !
NON, IL FAUT REFAIRE UN TIRAGE !
VITE, AIDE-MOI !
ARRÊTEZ, IL NE S'AGIT PAS DE ÇA !
LE CODE DES MAISONS NOUS INTERDIT DE SORTIR DE LA ROUTE !
MAIS... CE N'EST QU'UNE LÉGENDE !
LÉGENDE OU PAS, ON NE VIOLE PAS LE CODE !
L'ÉLIXIR GARANTIRA LA SURVIE DE TOUTES LES MAISONS !
AU CONTRAIRE, VIOLER LE CODE NOUS CONDUIRA À LA RUINE !

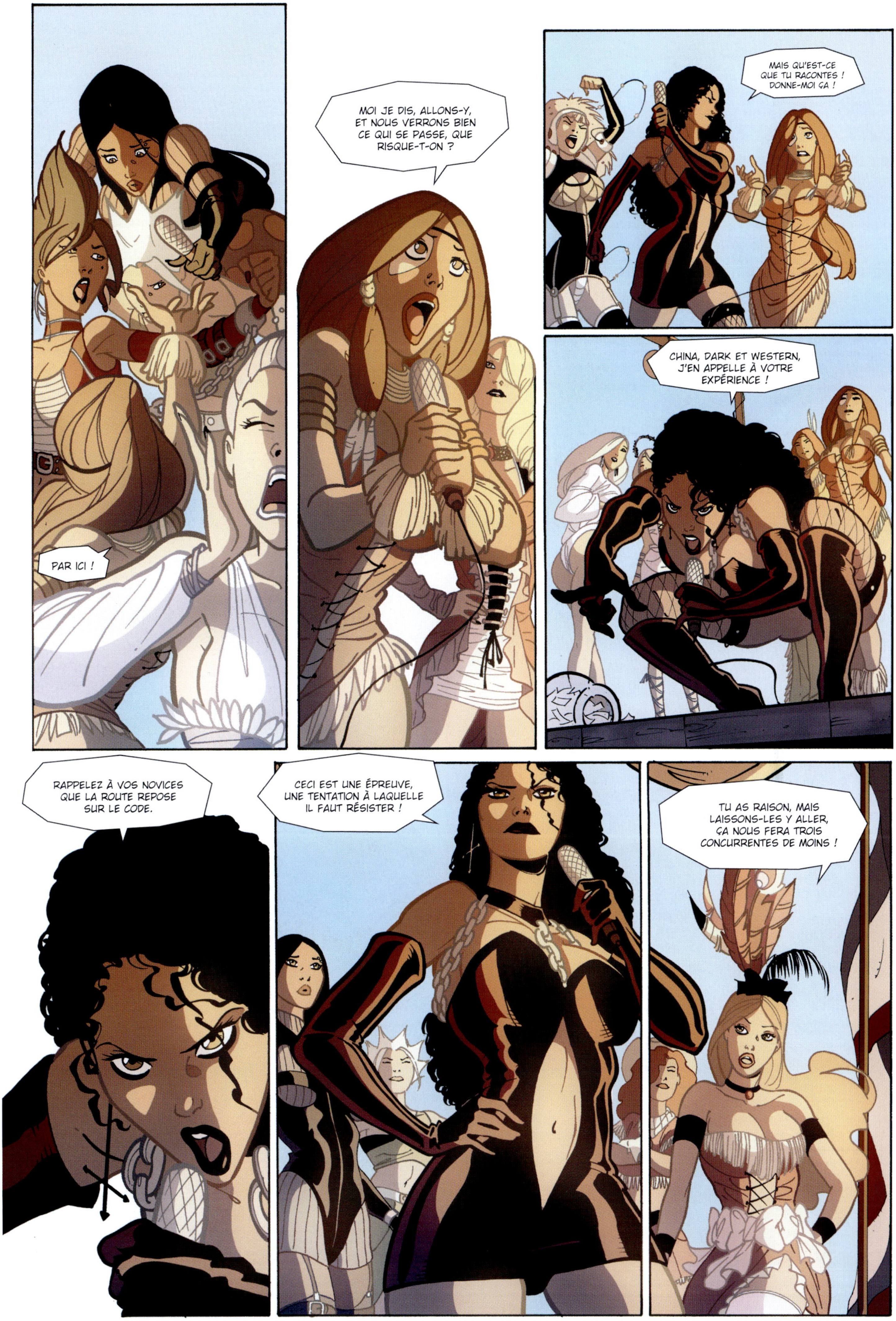
PAR ICI !
MOI JE DIS, ALLONS-Y, ET NOUS VERRONS BIEN CE QUI SE PASSE, QUE RISQUE-T-ON ?
MAIS QU'EST-CE QUE TU RACONTES ! DONNE-MOI ÇA !
CHINA, DARK ET WESTERN, J'EN APPELLE À VOTRE EXPÉRIENCE !
RAPPELEZ À VOS NOVICES QUE LA ROUTE REPOSE SUR LE CODE.
CECI EST UNE ÉPREUVE, UNE TENTATION À LAQUELLE IL FAUT RÉSISTER !
TU AS RAISON, MAIS LAISSONS-LES Y ALLER, ÇA NOUS FERA TROIS CONCURRENTES DE MOINS !

QUELQUES FOIS L'INEXPÉRIENCE FRÔLE L'INCONSCIENCE, ET DANS LA MAISON DES ICE, ON SE PRÉPARE À L'EXPÉDITION...
AIDEZ-MOI AVEC CES COSTUMES !
QUELLE ÉMOTION !
QUE DIS-TU DE ÇA ?
PAS TRÈS PRATIQUE, NON ?
LES FILLES, CETTE HISTOIRE DE CODE ME PRÉOCCUPE ENCORE !
C'EST VRAI QUE PERSONNE N'A JAMAIS OSÉ ALLER SI LOIN !
OUI, MAIS DANS LA VIE, IL FAUT SAVOIR PRENDRE DES RISQUES !
ET PUIS... C'EST SI EXCITANT, NON ?
OH OUI !
C'EST VRAI ! AH ! AH ! AH !

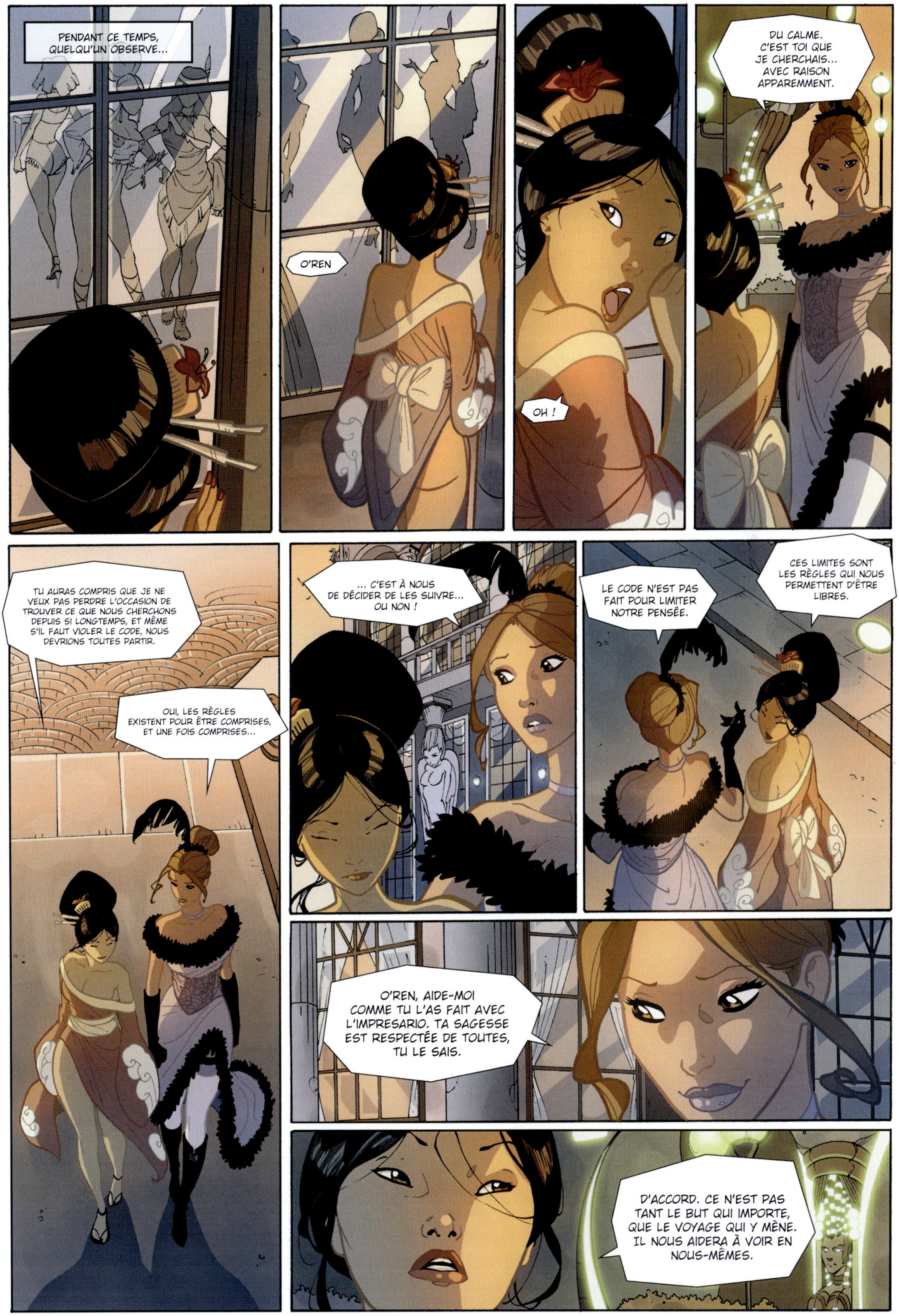
PENDANT CE TEMPS, QUELQU'UN OBSERVE...
O'REN
OH !
DU CALME. C'EST TOI QUE JE CHERCHAIS... AVEC RAISON APPAREMMENT.
TU AURAS COMPRIS QUE JE NE VEUX PAS PERDRE L'OCCASION DE TROUVER CE QUE NOUS CHERCHONS DEPUIS SI LONGTEMPS, ET MÊME S'IL FAUT VIOLER LE CODE, NOUS DEVRIONS TOUTES PARTIR.
OUI, LES RÈGLES EXISTENT POUR ÊTRE COMPRISES, ET UNE FOIS COMPRISES...
... C'EST À NOUS DE DÉCIDER DE LES SUIVRE... OU NON !
LE CODE N'EST PAS FAIT POUR LIMITER NOTRE PENSÉE.
CES LIMITES SONT LES RÈGLES QUI NOUS PERMETTENT D'ÊTRE LIBRES.
O'REN, AIDE-MOI COMME TU L'AS FAIT AVEC L'IMPRESARIO. TA SAGESSE EST RESPECTÉE DE TOUTES, TU LE SAIS.
D'ACCORD. CE N'EST PAS TANT LE BUT QUI IMPORTE, QUE LE VOYAGE QUI Y MÈNE. IL NOUS AIDERA À VOIR EN NOUS-MÊMES.

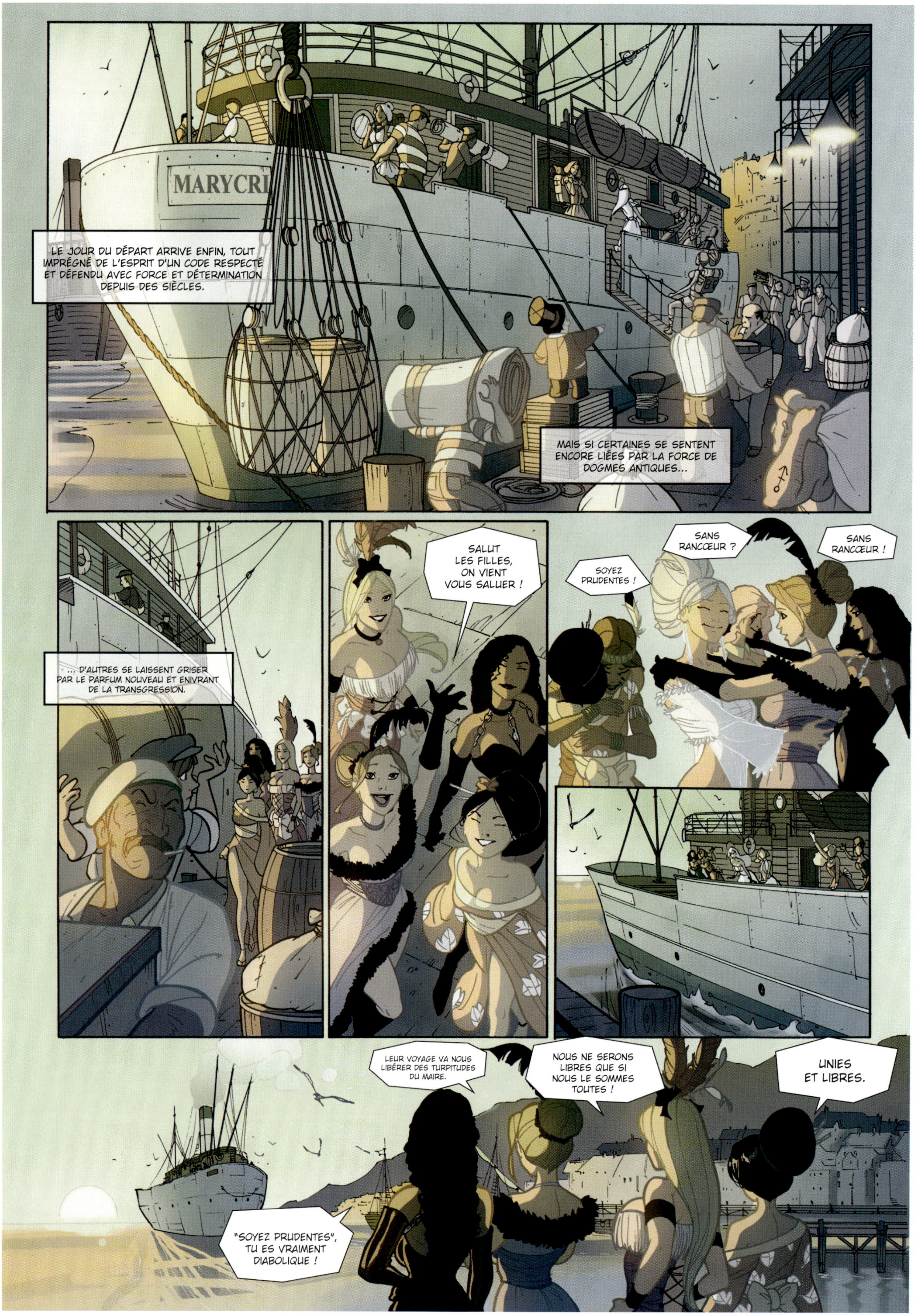
MARYCR
LE JOUR DU DÉPART ARRIVE ENFIN, TOUT IMPRÉGNÉ DE L'ESPRIT D'UN CODE RESPECTÉ ET DÉFENDU AVEC FORCE ET DÉTERMINATION DEPUIS DES SIÈCLES.
MAIS SI CERTAINES SE SENTENT ENCORE LIÉES PAR LA FORCE DE DOGMES ANTIQUES...
... D'AUTRES SE LAISSENT GRISER PAR LE PARFUM NOUVEAU ET ENIVRANT DE LA TRANSGRESSION.
SALUT LES FILLES, ON VIENT VOUS SALUER !
SOYEZ PRUDENTES !
SANS RANCŒUR ?
SANS RANCŒUR !
LEUR VOYAGE VA NOUS LIBÉRER DES TURPITUDES DU MAIRE.
NOUS NE SERONS LIBRES QUE SI NOUS LE SOMMES TOUTES !
UNIES ET LIBRES.
"SOYEZ PRUDENTES", TU ES VRAIMENT DIABOLIQUE !

CETTE MÊME NUIT, LA PERSUASION ET LA SAGESSE FONT LEUR SON EFFET...
MERCI, TU ÉTAIS LA SEULE À POUVOIR LE CONVAINCRE.
C'EST UN VOYAGE DANGEREUX, MAIS LA CONCORDE SERA NOTRE FORCE. NOTRE KARMA EST D'ÊTRE UNIES, ET UNIES NOUS N'AURONS RIEN À CRAINDRE.
ET PUIS GUNTER SERA NOTRE GUIDE, ET EN PLUS, J'AI SA CARTE !
VITE, PAR ICI !
TOUT LE MONDE EST LÀ ?
UN BATEAU NOUS ATTEND AU PORT. CROYEZ-MOI, ÇA NE SERA PAS UNE PROMENADE DE SANTÉ !

ESPÉRONS QUE NOS EFFORTS SERONT RÉCOMPENSÉS.
OUI.
NOUS AVONS HUIT HEURES DE RETARD SUR LE PREMIER GROUPE. À LA VITESSE DE SIX NŒUDS, SI LE TEMPS LE PERMET, NOUS DÉBARQUERONS SUR L'ÎLE PRESQUE EN MÊME TEMPS QU'EUX.
VAINS SONT LES EFFORTS DE CELUI QUI NE SAIT PAS À QUOI ILS SERVENT !
PLUS TARD.
ELY, JE TE CHERCHAIS POUR...
NON !
ELY, NON, ATTENDS !
LAISSE...
CE BROUILLARD ME FOUT LA TROUILLE.

C'EST HORRIBLE !
C'EST PIRE QUE L'ENFER !
CRAMPONNEZ-VOUS !
AÏE !
OUILLE !
LA CHALOUPE, VITE ! IL N'Y A PAS MOYEN D'ALLER PLUS LOIN !
MALHEUR ! JE SUIS TREMPÉE !
OUF ! ENFIN !

MAIS QUI M'A FOUTU UNE CARTE PAREILLE... J'ÉTAIS SÛR D'ÊTRE LÀ... OU BIEN ICI... OU PEUT-ÊTRE
QUEL IDIOT, ON EST DÉJÀ PASSÉ TROIS FOIS ICI !
DONNE-ÇA, INCAPABLE !
EN ALLANT VERS L'EST, ON DEVRAIT TROUVER UNE CASCADE.
PORC !
C'EST MOI LE CHEF ! PAR ICI !

LEURS CHALOUPES !
HUMMM.
LES TRACES VONT VERS LA FORÊT.
NON, ATTENDEZ, PAR LÀ, DERRIÈRES LES ROCHERS, IL Y A UN PASSAGE SOUTERRAIN !
AU MOINS ON NE RISQUE PAS DE SE PERDRE DANS LA JUNGLE !
COMME ÇA, ON RESTE UNIS !
MAIS COMMENT SAVAIS-TU QUE C'ÉTAIT UN PASSAGE ?
OUI, COMMENT ?
J'AI VU ENTRER UNE MOUETTE, ET ELLE N'EST PAS RESSORTIE !
STUPÉFIANT... POUR UNE FILLE !

STOP ! ON NE PEUT PAS ALLER PLUS LOIN DE CE CÔTÉ !
ARGHH ! CARTE DE M... !
MERDE ?
ET MAINTENANT ?

ON... ON EST PERDUS !!!
JE VAIS L'ÉTRIPER !
OUI, ON VA LUI COUPER !
TU PARLES, IL EST DÉJÀ MORT DE TROUILLE !
PAS ENCORE TOUT À FAIT... IL PEUT ENCORE FAIRE L'ÉCLAIREUR !
ALLEZ NABOT... OUVRE-NOUS LE CHEMIN, EH ! EH ! EH !

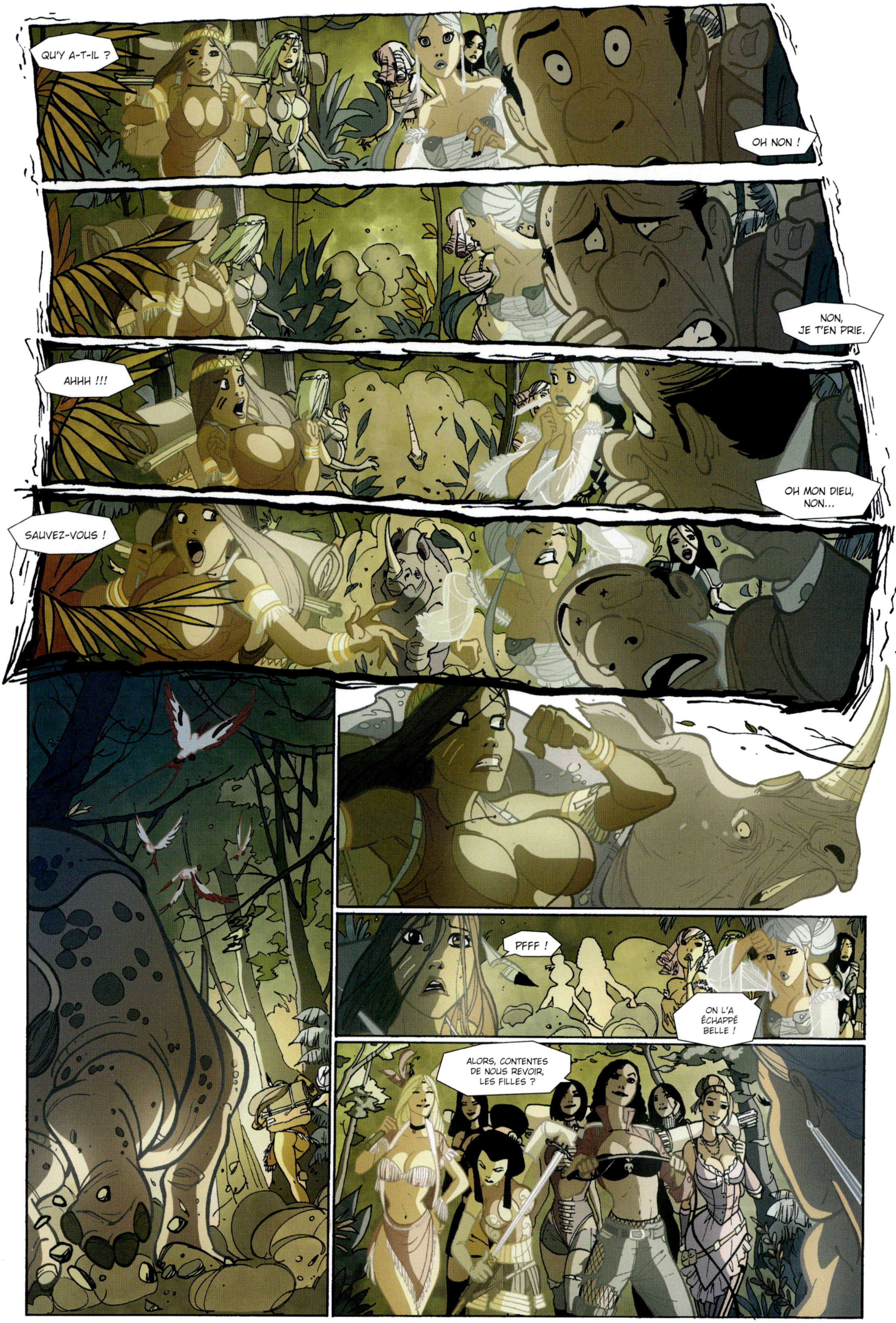
QU'Y A-T-IL ?
OH NON !
NON, JE T'EN PRIE.
AHHH !!!
OH MON DIEU, NON...
SAUVEZ-VOUS !
PFFF !
ON L'A ÉCHAPPÉ BELLE !
ALORS, CONTENTES DE NOUS REVOIR, LES FILLES ?

ELY ?
DELILAH ?
GOLDIE ?
HEIN ?
MAIS QUE FAITES-VOUS ICI ?
OUAIS !
ALORS ?
NOUS SOMMES ICI POUR NOUS ET À NOS FRAIS !
POURQUOI ? VOUS NOUS CROYIEZ INCAPABLES DE NOUS EN SORTIR ?
PERSONNE N'A DEMANDÉ VOTRE AIDE !
ON N'AVAIT PAS BESOIN D'ELLES !
ON EST LÀ, TOUTES ENSEMBLES, C'EST PAS MIEUX, NON ?
VOUS NE NOUS LAISSEZ PAS LE CHOIX !
ALORS EN ROUTE, DU HAUT DE CETTE MONTAGNE, ON SE REPÉRERA MIEUX.

MONSIEUR LE MAIRE, VOUS NE SERIEZ PAS UN PEU FATIGUÉ, PAR HASARD ?
EUH... SI... JUSTEMENT... J'Y PENSAIS.
MONSIEUR LE MAIRE, POURQUOI LE GOUVERNEUR A-T-IL APPROUVÉ CETTE EXPÉDITION ?
AHEUM... OH, C'EST PAS UN CHAMOIS, LÀ-BAS ?
DANS LA JUNGLE ?
HEY ! C'EST TOI L'IMBÉCILE QUI FAIT TOMBER DES FERS À CHEVAL DES ARBRES ?
ÇA VA PAS, NON ?
NON, LAISSEZ !
HORREUR ! UNE... UNE FOURMI ROUGE !

ET CETTE BOUE QUI TOMBE DU CIEL, C'EST QUOI, UNE DE TES PETITES VENGEANCES ?
J'AI MIEUX À FAIRE !
VITE, JE SUFFOQUE !
CET ENDROIT EST VRAIMENT SINISTRE.
BAS LES PATTES, SALE MANIAQUE !

TU VEUX DIRE QU'ON N'A RIEN POUR SE LAVER LES CHEVEUX ?
JE DIS QUE SI TU EN AS ENVIE, FAUT QUE T'AILLES CHERCHER DE L'EAU !
CE SOIR CORVÉE D'EAU, ET DEMAIN, QUOI ?
WHAOUU ! SPECTACULAIRE...
GOLDIE...

MON DIEU, C'EST ENCORE LOIN ?
ÇA FAIT DES HEURES QU'ON MARCHE !
J'AI FAIM !
J'EN PEUX PLUS !
JE CROIS QU'ON Y EST PRESQUE
OH NON, PLUS D'EAU !
TIENS, J'EN AI ENCORE.
D'ACCORD, FAITES UNE HALTE, NOUS ON PART EN ÉCLAIREUSES.
REPOSEZ-VOUS.
JE N'ARRIVE PAS À CROIRE QUE NOUS SOYONS ARRIVÉES JUSQU'ICI SANS NOUS ENTRETUER !
DEPUIS QUE VOUS NOUS AVEZ REJOINTES, JE SUIS PLUS RASSURÉE !

AHHH !
AH !
ANF !
NON, JE VOUS EN PRIE !
QUI ÊTES-VOUS, LÂCHEZ-MOI !
AHHH !
NE BOUGEZ PLUS !

ELY !
CRYSTAL !
VIENS PAR ICI, SALOPE !
NOOOON !
AHH !!
ARRÊTEZ ! LAISSEZ-LES, JE LES ATTENDAIS !
PARDONNEZ-LES, CE SONT LES GARDIENNES DE NOTRE COMMUNAUTÉ...
... ET JE SUIS LEUR REINE, HILIMA. VENEZ, SUIVEZ-NOUS...

BIENVENUES À CUZCO, CITÉ ANTIQUE DES PLAISIRS OÙ LES FEMMES SE DONNENT EN HARMONIE AVEC LA NATURE ET LES PRINCIPES DU CODE.
HALIMA, COMMENT SE FAIT-IL QUE TU NOUS ATTENDAIS ?
D'AUTRES SONT DÉJÀ VENUES EN QUÊTE DE L'ESPRIT ORIGINEL DE NOTRE RÔLE.
CELUI DE DONNER L'AMOUR ET DE SOULAGER LES PEINES SANS PRÉJUGÉS STUPIDES.
VOICI LES SIX RÉGENTES : JAHA, THEMA, ONI, NUBIA, GHEORA ET VISNA. ELLES OBÉIRONT À TOUS VOS DÉSIRS.

ET NOUS VOUS CONDUIRONS À L'IDOLE SACRÉE DE CUZCO, SON ELIXIR DE VIE.
LES FILLES, DÉBARRASSONS-LES DE LEURS BAGAGES...
EUH... OUI... C'EST ÇA, CONDUISEZ NOUS À L'IDOLE... À L'ELIXIR... ET SA RECETTE...
AUCUNE RECETTE. L'IDOLE N'EST QU'UN FRAGMENT DU CODE PERDU ! ELLE NE BOUGE PAS D'ICI.
D'AUTRES ONT CRU POUVOIR TIRER DE NOTRE SECRET RICHESSE ET PUISSANCE OU DES AMULETTES APHRODISIAQUES...
MAIS IL N'Y A RIEN À RAPPORTER D'ICI, SINON LA COMPRÉHENSION DE CE QUI EST ÉCRIT SUR LE FRAGMENT SACRÉ !

L'UNITÉ DANS L'ENTRAIDE. TOUTES LES GOUTTES S'UNISSENT POUR FORMER LA MER.
BON D'ACCORD POUR L'ESPRIT DE COLLABORATION, MAIS POURQUOI NOUS AVOIR AGRESSÉES ALORS ?
POUR NOUS PROTÉGER DE L'AVIDITÉ DU MONDE EXTÉRIEUR.
ET AU NOM DE QUOI IL VOUS REVIENDRAIT D'ÊTRE LES SEULES GARDIENNES D'UN TEL SECRET ?
CELUI QUI A CACHÉ ICI LE FRAGMENT SACRÉ SAVAIT QUE NOTRE EXISTENCE MÊME SERAIT MENACÉE.
PAR L'IGNORANCE ET L'ARROGANCE.
MAIS CUZCO N'EST PAS UNIQUE, ET VOUS EN ÊTES LA PREUVE.
RESTEZ UNIES ET PORTEZ CE PRÉCIEUX MESSAGE JUSQUE CHEZ VOUS.

LA BELLE AFFAIRE ! ET LE RESTE DE CE FOUTU CODE, IL EST OÙ ?
ON TE L'AS DIT, NABOT, IL EST PERDU !
ESPÈCE DE NAIN DE MALHEUR, JE CROIS QUE TU N'AS PAS TRÈS BIEN COMPRIS LE MESSAGE !
NOUS MANIPULER POUR VENIR ICI NE T'A SERVI À RIEN !
CETTE FOIS TU N'AS PAS RÉUSSI À SEMER LA ZIZANIE !
BON ALLEZ, C'EST TERMINÉ !
ON LÈVE LE CAMP.
BIEN DES CHOSES VONT CHANGER À NOTRE RETOUR.
J'ÉTAIS SÛR QUE VOUS RÉUSSIRIEZ !
ESPÉRONS QUE CE SERA EN MIEUX !

OH NON... TOUT ÇA POUR RIEN... PFFFF
ÇA NE FINIRA DONC JAMAIS ! JE DOIS AVERTIR LE GOUVERNEUR...
GOUVERNEUR ? C'EST LA CATA... L'ELIXIR N'EXISTE MÊME PAS !
ET EN PLUS, JE CROIS QUE LES FILLES ONT DÉCOUVERT DES CHOSES QUI POURRAIENT NOUS CRÉER DES ENNUIS.
POUR MOI, IL N'Y A PLUS RIEN À FAIRE DANS CE TROU DE MERDE.
MAIS J'AI BIEN PEUR QU'ELLES SORTENT DE CETTE ÉPREUVE... PLUS FORTES QU'AVANT !

GOLDIE !
OH, ELY !
JE VOULAIS TE DIRE QUE...
NON, C'EST À MOI DE M'EXCUSER.
TU AVAIS RAISON DE VOULOIR ENTREPRENDRE CE VOYAGE.
NOUS AVONS TOUTES COMPRIS QUELQUE CHOSE GRÂCE À TOI.
JE SUIS CONTENTE QUE TU ME SOIS REVENUE.
ET JE LE MONTRERAI DANS MES ACTES...
... EN ACCEPTANT TON TRANSFERT CHEZ LES DARK.
ELY... TU FERAIS ÇA ?
JE N'AVAIS PAS COMPRIS TES VRAIS SENTIMENTS POUR DELILAH.
MAIS CE VOYAGE M'A OUVERT LES YEUX ET LE CŒUR.

TOI SEULE EN
EST VRAIMENT DIGNE,
MA FILLE.
PRENDS GARDE
QU'IL NE TOMBE EN DE
MAUVAISES MAINS !